AF463510

PROJET

D'UN

THÉATRE D'OPÉRA

DÉFINITIF

POUR LA VILLE DE PARIS

PROJET

D'UN

THÉATRE D'OPÉRA

DÉFINITIF

POUR LA VILLE DE PARIS

En remplacement de l'Opéra provisoire

ET

RECHERCHES SUR LE LIEU PROPRE A SON ÉRECTION

Et les causes du déplacement actuel de la population aisée de la capitale

PAR A.-L. LUSSON

ANCIEN ARCHITECTE DES TRAVAUX PUBLICS, ANCIEN COMMISSAIRE-VOYER DE LA VILLE DE PARIS,

AUTEUR DES OUVRAGES INTITULÉS :

Constructions rurales au meilleur marché possible ; Monuments antiques et modernes de la Sicile ;
Palais et maisons de Naples ; Projet d'un collége modèle pour trois cents élèves ;
Plan de réunion du Louvre aux Tuileries, comprenant la Bibliothèque royale et des Galeries pour l'exposition des produits de l'industrie française ;
Projet de monument terminant l'île de la Cité et se liant avec l'église Notre-Dame de Paris ;
Recueil de trente fontaines monumentales ; Spécimen d'architecture gothique ;
Description des principaux monuments de Munich, etc., etc.

PARIS

IMPRIMERIE DE GUSTAVE GRATIOT

11, RUE DE LA MONNAIE

1846

PROJET DÉFINITIF

D'UN

THÉATRE D'OPÉRA

POUR LA VILLE DE PARIS.

Le théâtre actuel de l'Opéra, bâti en bois et à la hâte, n'est, comme chacun sait, que provisoire, et il doit être remplacé par un monument durable, en pierre, dont le luxe et l'importance seront en rapport avec la riche cité qu'il devra embellir.

La question de l'emplacement à lui donner préoccupe en ce moment les hommes appelés par le gouvernement à la décider : une commission de vingt membres a été nommée à l'effet d'éclairer l'autorité sur ce grave sujet.

En attendant le rapport de cette commission, qu'il nous soit permis d'émettre notre opinion particulière : souvent la lumière naît du choc des manières de voir les plus opposées.

Avant d'aborder la question principale, deux autres ont besoin d'être discutées :

1° Celle de savoir si l'Opéra, comme théâtre, demande à

être placé dans le quartier le plus fréquenté de la capitale, par conséquent dans celui où l'acquisition seule du terrain nécessaire à son installation avec des abords convenables, coûterait autant que la construction même du monument;

2° Celle concernant le plus ou moins de vie que donne au quartier où il est situé un monument de son espèce.

Sur la première, nous sommes loin de croire à la nécessité prétendue de placer l'Opéra aux environs du Palais-Royal, quartiers où les terrains ne coûtent pas moins de mille francs le mètre carré, et infiniment plus, quand ils sont couverts de constructions de quelque importance. Avant tout, un théâtre veut des abords faciles et sûrs pour les piétons et pour les gens à voitures, et, à sa proximité, un lieu de rendez-vous public agréable, où l'on puisse attendre à l'air et à couvert l'heure de l'ouverture des bureaux; enfin il lui faut tout auprès un lieu de station pour les équipages. L'Opéra actuel réunissant quelques-uns de ces avantages et ceux qui lui manquent pouvant lui être procurés, comme nos plans le démontreront, notre avis serait de bâtir la salle nouvelle sur le terrain qu'occupent la salle actuelle et ses bâtiments de dépendance et l'hôtel de l'administration; l'acquisition d'immeubles à démolir pour l'isoler de toutes parts, et lui procurer de nouveaux abords, serait fort peu coûteuse comparativement à ce qu'il faudrait dépenser ailleurs pour créer un emplacement convenable.

Quant à la question de vie qu'on suppose que l'Opéra peut procurer au quartier qui le possédera, elle sera résolue quand on aura considéré le plus ou moins de mouvement de population, de richesse immobilière, de richesse commerciale qui règne autour des principaux théâtres de Paris et des grandes capitales de l'Europe, et quand l'on aura pesé les avantages et les inconvénients inhérents aux abords des théâtres en général.

Commençons par poser en fait qu'un théâtre, monument froid dans le jour, puisqu'il n'est alors qu'une décoration architecturale, quand parfois, comme l'Odéon, il est monumental et ne ressemble pas à une habitation particulière ou à une fabrique, comme était le théâtre de Picard, rue de Louvois, ne peut contribuer en rien au mouvement commercial d'un quartier; l'étranger, le citadin, au moment où ils se rendent au théâtre pour assister à la représentation scénique, ne font certes pas d'emplettes, et moins encore quand ils en sortent à une heure fort avancée dans la nuit; ensuite, les voitures bourgeoises, comme les voitures de place qui affluent en si grand nombre à l'heure du spectacle, effrayent, détournent les promeneurs au lieu de les attirer; enfin, les ordures que pendant le spectacle les domestiques qui attendent leurs maîtres, et les spectateurs dans les entr'actes déposent aux alentours, sont autant d'empêchements à ce que le voisinage d'un théâtre devienne un lieu favorable au commerce ou soit habité par les familles à grande fortune. Des cafés, des restaurants occuperont les boutiques les plus proches, des hôtels garnis s'établiront dans les étages supérieurs, ou de moyennes fortunes s'y logeront à cause du bon marché des locations; certes, de tels éléments de vie pour un quartier ne méritent pas que l'autorité s'en préoccupe quand il s'agit de l'emplacement à choisir pour l'Opéra. Aussi, nous étonnons-nous des démarches que font les propriétaires des environs du Palais-Royal afin de le posséder; eux qui ne tirent aucun avantage appréciable de la présence du théâtre Français et du théâtre Montansier. N'ont-ils pas dix autres exemples à joindre aux deux que nous venons de signaler pour les persuader de l'inutilité d'un théâtre au bien-être d'un quartier. Qu'ils jettent les yeux autour du théâtre de l'Odéon, de l'Opéra-Comique, du théâtre Ventadour, ils reconnaîtront leur erreur; qu'ils considèrent ensuite cette réunion de théâtres rangés sur une même ligne au boulevard du Temple, qui ne donne de vie aux environs que pendant quelques heures de la soirée, eh quelle vie! ils seront complétement désillusionnés; ils verront partout la population aisée fuir les approches des spectacles. Quant aux acteurs et employés des théâtres, ils sont, en général, trop mal rétribués pour être de quelque avantage au quartier, et ceux favorisés de la fortune sont trop peu nombreux pour donner plus de prix aux locations voisines. Talma, mesdemoiselles Mars et Duchesnois n'ont procuré aucun bien-être autour du théâtre Français; ils avaient ailleurs leur résidence. Il en est de même des autres théâtres royaux.

Ce qui arrive à Paris a lieu dans les autres grandes villes de l'Europe. Nulle part le théâtre ne fait la fortune de la partie de la ville où il est situé. Si ses alentours ont été de tout temps, avant comme après son installation, un lieu de prédilection, soit pour la promenade, le commerce, ou l'habitation des riches, il ne change rien aux habitudes prises, mais jamais il n'a attiré l'oisif, ni transformé en quartier commerçant un quartier habité par les gens à équipages. C'est ainsi que nous avons vu les choses, à Naples, à Milan, à Florence, à Madrid, à Vienne, à Berlin, à Munich et dans nos grandes villes de France, Lyon, Marseille, Bordeaux, etc., etc.

Dans nos villes modernes, la fortune d'un quartier tient à des circonstances de toute autre nature que celle de la présence ou de la non présence d'un théâtre. Elle naît bien plutôt de beaux, larges et nombreux percés, de la présence d'établissements publics fréquentés chaque jour par les gens d'affaires, les étrangers et cette classe d'hommes de loisirs que la curiosité ou le désir de s'instruire attirent incessamment; elle est fort souvent aussi la conséquence du classement naturel de la population.

La société se partage en grandes catégories ayant un centre d'action et des besoins différents. Tout ce qui dépend d'un même centre d'action se range autour; la noblesse foncière autour du souverain, la noblesse financière autour de la Bourse, la noblesse judiciaire autour de son palais, la noblesse cléricale auprès du prélat, etc., etc.

Ceci explique, ce nous semble, pourquoi le faubourg Saint-Germain est resté, comme sous Louis XV qui l'a vu se meubler d'hôtels fastueux, le quartier des nobles nés; et pourquoi le faubourg Saint-Honoré, commencé à bâtir à peu près dans le même temps, est devenu une annexe du premier : le palais du souverain était leur point de mire, comme aux nobles qui, les premiers, ont habité les environs de la place Vendôme; pourquoi aussi la haute finance s'est agglomérée aux environs de la Bourse, et a établi sa résidence jusqu'au-delà des boulevards des Italiens, de la Chaussée-d'Antin; pourquoi les grands manufacturiers d'étoffes, qui ont des intérêts si grands à soigner à la Bourse, se sont placés dans le quartier du Gros-Chenet; et pourquoi les quartiers Montmartre, où ces riches négociants ont établi de splendides maisons de débit, sont devenus en peu de temps des bazars où tout ce qui peut flatter le goût du riche ou satisfaire aux besoins des classes moyennes se trouve exposé aux regards d'un chacun pour le tenter. De tout temps, l'industrie a appelé l'industrie, le commerce, le commerce, la finance, la finance, le luxe, le luxe.

Quand la résidence royale était au palais des Tournelles (1410 à 1559), les quartiers Saint-Antoine et du Marais étaient le séjour des nobles; lorsque Charles IX habitait la partie du Louvre élevée par Pierre Lescot, les principaux seigneurs avaient leur hôtel dans les environs : l'amiral Coligny fut assassiné chez lui, rue Béthisy, le 24 août 1572 ; sous Henri IV, qui bâtit la place Royale sur une partie de l'emplacement du palais des Tournelles, où le cardinal de Richelieu avait son hôtel, l'île Saint-Louis se meubla d'hôtels magnifiques.

Louis XIV ayant peu habité les Tuileries, ce fut seulement sous Louis XV qu'il s'opéra un mouvement notable dans le déplacement de la population opulente de Paris ; alors, comme nous l'avons dit il y a un moment, la noblesse, la haute bourgeoisie se rapprochèrent des Tuileries, et les beaux hôtels Sully, rue Saint-Antoine, Lambert, île Saint-Louis, etc., etc., furent abandonnés ; la place Royale devint veuve des grands personnages qui avaient fait sa gloire.

La population industrielle prit peu de part au déplacement. Les alentours du palais du Temple, ancien lieu privilégié, restèrent le centre de la fabrique des objets d'usage. Les rues Saint-Martin et Saint-Denis continuèrent à approvisionner la ville et les campagnes des toiles, fils, rubans, étoffes destinés aux besoins des classes moyennes, comme les rues des Lombards, Sainte-Avoye leur fournissaient les drogues et les épices, état de choses qui s'est maintenu jusqu'à nos jours. Les faubourgs Saint-Antoine, Saint-Marcel, Saint-Victor sont aussi restés à peu près ce qu'ils étaient dans les siècles passés. On voit par ce rapide exposé de la migration successive des habitants opulents de la grande ville, et de l'espèce de permanence des populations industrielles dans certaines localités, que tout a sa cause. Au nombre des causes de transplantation des classes aisées, il faut placer, en première ligne, ce besoin de certaines commodités introduites dans nos habitudes de vie par les Crésus modernes, notamment cette confortable distribution d'ensemble et de détail de nos appartements, distribution que nos architectes s'évertuent à rendre de plus en plus agréable dans leurs constructions nouvelles, par conséquent de plus en plus indispensable. De là, sans nul doute, la faveur dont jouissent les quartiers neufs de la capitale, où chaque habitation, quelle que soit l'échelle de sa proportion, présente la réunion des diverses pièces constituant un appartement complet, avantage fort difficile à procurer aux maisons des siècles passés, construites sous l'influence de besoins différents des nôtres. A cette cause, il faut ajouter le bien résultant de la quantité d'air nécessaire à la vie et à la santé qui circule autour de chacune des maisons nouvelles par suite d'une surveillance active de l'autorité à cet effet, air dont les anciens quartiers de Paris sont et seront encore longtemps privés, malgré les soins incessants de l'administration municipale pour le leur procurer. Qu'on cesse donc de s'étonner de la migration d'un quartier dans un autre, et si les boulevards de la Chaussée-d'Antin jusqu'à la rue Poissonnière, comme les quais qui bordent la Seine depuis l'hôtel des Monnaies jusqu'au palais de la Chambre des Députés, sont tous meublés de si beaux hôtels, et si leur voisinage est devenu le rendez-vous des grandes fortunes.

Si de ce qui précède il résulte la conviction que ni l'intérêt particulier ni l'intérêt public ne seraient favorisés par l'installation de l'Opéra dans une localité plutôt que dans une autre, la question d'économie, pour le Trésor, à lui donner tel ou tel emplacement devient plus facile à traiter.

Il suffira de peu de mots pour établir que dans l'intérêt du Trésor national, l'Opéra définitif ne saurait être construit autre part qu'au lieu où se trouve aujourd'hui l'Opéra provisoire. Les considérations à faire valoir pour appuyer cette opinion, sont :

1° L'inutilité de consacrer un capital énorme à l'acquisition d'un terrain : celui sur lequel repose la salle actuelle avec ses dépendances, n'ayant besoin, pour suffire aux exigences du nouvel Opéra, que de peu d'accroissement;

2° La possibilité d'exécuter les travaux de construction de la salle nouvelle sans interrompre le cours des représentations dans la salle actuelle, si ce n'est pendant une année seulement, temps pendant lequel l'Opéra alternerait ses représentations avec celles de l'un de nos grands théâtres;

3° De pouvoir être franchement monumental, si l'autorité le désirait, c'est-à-dire le temple d'Apollon et de ses Muses, ou n'être qu'un bel édifice d'utilité publique réunissant les avantages les plus importants de sa destination, si la parcimonie devait présider à son érection.

Avant nous, plus d'un architecte a eu l'idée de laisser l'Opéra à peu près où il est. Les uns le veulent en regard de la rue Richelieu, sur l'emplacement de la mairie du deuxième arrondissement; d'autres l'ont projeté sur le boulevard, entre la rue Grange-Batelière et les passages actuels de l'Opéra, sans s'inquiéter ni du prix des propriétés à acquérir pour cela ni se rendre compte, s'il y avait moyen de permettre aux voitures d'approcher du théâtre pour y déposer ou prendre leur monde. Ils avaient cependant, pour appeler leur attention à ce sujet, l'exemple de tous les théâtres ayant leur entrée sur une promenade publique, notamment celui des Variétés. L'Opéra, plus qu'un autre théâtre, a besoin d'avoir une entrée accessible aux voitures, surtout à Paris où le ciel est loin d'être toujours pur. L'étude sérieuse que nous avons faite et des localités de l'Opéra actuel et des exigences du programme d'un théâtre qui, comme celui-ci, doit être isolé de toutes parts, autant pour la sécurité des immeubles qui l'avoisinent que pour faciliter la circulation; la connaissance acquise des prétentions des propriétaires à déposséder, et notamment de celles de la ville de Paris qui, désirant aujourd'hui placer l'Opéra près le Palais-Royal, exagère le prix du terrain de la rue Grange-Batelière, nous ont démontré l'espèce de nécessité où se trouvera le gouvernement de prendre plus ou moins nos plans en considération.

Voici comment nous avons tiré parti de la position donnée, par les localités actuelles, au théâtre définitif de l'Opéra.

Afin de lui imprimer, autant que possible, un caractère monumental, nous avons fait saillir sa façade sur la rue Grange-Batelière de manière à ce qu'elle soit vue en profil de la rue Richelieu (1). Cette disposition nous a procuré un avantage que n'offre aucun de nos théâtres, celui de placer en avant de portiques réservés aux piétons un double portique sous lequel les voitures arriveraient en droite ligne du boulevard et pourraient, après avoir déposé leur monde, continuer leur marche, toujours en ligne droite, par la rue Grange-Batelière, prolongée jusqu'à la rue de Provence sur une partie du terrain de la mairie, pour déboucher ensuite par cette même rue de Provence dans les rues Chauchat, Pinon, Lepelletier, Laffitte et le faubourg Montmartre. Tout ce remuement s'opérerait sans

(1) Dans un premier projet, resté dans nos cartons, nous avons cédé au désir de placer la façade sur le boulevard Italien et dans l'alignement de ce boulevard. Deux rues régnaient sur ses flancs ; l'une formait un angle aigu avec la rue Grange-Batelière ; le beau point de vue du monument était du boulevard Montmartre. Un tel parti devant priver l'Opéra de l'accès des voitures, nous fîmes justice de notre projet. Dans un second, nous placions le théâtre sur le terrain de la rue Grange-Batelière, en regard d'une autre rue qui eût abouti au boulevard Italien. En avant était une place spacieuse ; autour du théâtre régnaient des abords faciles et nombreux. L'énormité du capital à employer en acquisition d'immeubles particuliers pour obtenir le seul emplacement, rendant nos plans inadmissibles, nous les abandonnâmes également et fîmes celui que nous soumettons aujourd'hui à la critique de nos émules, nos juges naturels.

occasionner le moindre encombrement dans le quartier, les voitures bourgeoises ayant un lieu de station commode sur la chaussée du boulevard Italien.

Une rue de douze à quatorze mètres de largeur, qui règnerait tout autour de l'édifice et le séparerait des habitations, permettrait aux piétons d'arriver au théâtre par des chemins divers ; un large promenoir, régnant autour du monument, procurerait au public le moyen d'attendre son tour à la prise des billets d'entrée sans être exposé à l'injure du temps. Ce même promenoir, pendant les entr'actes, permettrait aux spectateurs de venir un moment respirer l'air pur quand celui de l'intérieur de la salle leur deviendrait insupportable. L'une des deux rues qui côtoyeraient le théâtre donnerait accès aux passages actuels de l'Opéra. Comme l'expérience l'a prouvé, il eût été fort difficile, pour ne pas dire impossible, d'obtenir ces nombreux et importants avantages, si la façade du théâtre eût été sur le boulevard.

En plaçant la façade sur la rue Grange-Batelière, nous avons eu en vue de servir deux intérêts précieux, celui du public, en lui ménageant, comme on l'a vu, certains avantages qu'il n'eût point rencontrés si cette façade eût été placée sur le boulevard ou même en regard de la rue Richelieu; celui du Trésor, en lui économisant une dépense d'environ quatre millions.

Sans doute, la capitale gagnerait un magnifique point de vue si l'Opéra pouvait, comme la Madeleine, la Bourse, se dessiner sur une voie publique assez large pour que l'œil puisse contempler sa façade d'un peu loin ; sans doute aussi, quand il s'agit d'un monument public où le luxe des arts est naturellement appelé, il ne faut pas trop regarder à la dépense, mais il est des répugnances auxquelles on a peine à céder.

Cette considération a fait notre loi. Ayant reconnu la possibilité d'installer la nouvelle salle de l'Opéra sur le terrain occupé par la salle actuelle et ses bâtiments de dépendance, nous avons avisé au moyen de disposer les choses de manière à ce que le gouvernement, s'il le désirait, puisse à l'instant même, sans interrompre les représentations, commencer les travaux. A cette fin, nous avons adossé au mur du fond du théâtre actuel notre salle nouvelle, et tourné la façade de cette dernière sur la rue Grange-Batelière. Ainsi toute la salle, le vestibule, les escaliers, les portiques latéraux et ceux de la face du monument, en un mot tout ce qui est long à construire, même la partie décorative, pourrait s'exécuter d'abord; et, comme les quatre murs du théâtre proprement dit, aussi bien que l'établissement des machines, demanderaient seulement quelques mois de travaux, il s'ensuit que le déplacement forcé de l'Opéra, pour attendre la salle nouvelle qu'on lui construirait, serait au plus d'une année. Pendant le temps des travaux l'administration louerait, pour elle et le logement de ses directeurs, une maison à la proximité du théâtre, en attendant que les bâtiments spéciaux qui devraient lui être affectés soient construits, car aucune habitation ne doit être tolérée dans l'enceinte du théâtre.

Si nos idées sur l'emplacement à choisir, pour l'Opéra, n'étaient pas goûtées, un seul parti serait à prendre, parti extrême, il est vrai, mais qui trancherait au moins la difficulté d'argent. Ce serait de placer l'Opéra, non auprès du Louvre : entre la rue de Rivoli prolongée et la rue Saint-Honoré élargie, l'espace manque et le monument se présenterait de flanc sur les deux rues sans avoir de reculée devant sa façade; non dans l'ensemble des bâtiments projetés pour lier le Louvre aux Tuileries, attendu qu'un théâtre, menacé chaque jour d'incendie par la nature de son spectacle, demande à être isolé de toute part, et qu'en ce cas il serait là un hors-d'œuvre qui défigurerait le beau plan de M. Fontaine (1); mais dans le terrain occupé aujourd'hui par la mairie du deuxième arrondissement, emplacement où il serait possible de lui procurer les avantages offerts par nos plans, emplacement le plus économique après notre projet, car il suffirait, pour le compléter, de raser deux maisons particulières d'une médiocre importance.

En attendant que le gouvernement ait pris une détermination à cet égard, achevons l'exposition de nos plans en ce qui concerne le monument lui-même.

On sait pourquoi nous plaçons le théâtre de l'Opéra autrement que ne l'ont placé ceux qui, avant nous, se sont occupés de la question; on a vu quels soins nous avons pris pour lui ménager de nombreux abords, des dégagements faciles (*voir le plan général ci-contre*); on a pu apprécier les avantages du vestibule affecté aux gens à équipages, sous lequel six voitures de file peuvent tenir à la fois, et combien seraient commodes pour les gens à pied les portiques continus régnant tout autour du théâtre et élevés de plusieurs marches, afin de préserver les allant et venant de tout accident de voiture. L'intérieur de l'édifice n'a pas été étudié avec moins de soin que l'extérieur en ce qui touche la sûreté, la commodité et le complet du service. Pour atteindre ce but, nous avons comparé entre eux

(1) Voir notre brochure de 1838, et le plan de réunion du Louvre aux Tuileries qui y est joint, dans lequel nous introduisons dans le beau projet de M. Fontaine la Bibliothèque royale et des portiques pour les expositions périodiques des produits de l'industrie. Dans l'intervalle d'une exposition à l'autre, ces portiques seraient loués à l'industrie parisienne et serviraient de promenade d'hiver, ce qui donnerait de la vie au quartier du Palais-Royal et le débarrasserait de toutes ces petites constructions indignes du centre de Paris.

PLAN GÉNÉRAL DES ENVIRONS DE L'OPÉRA PROJETÉ.

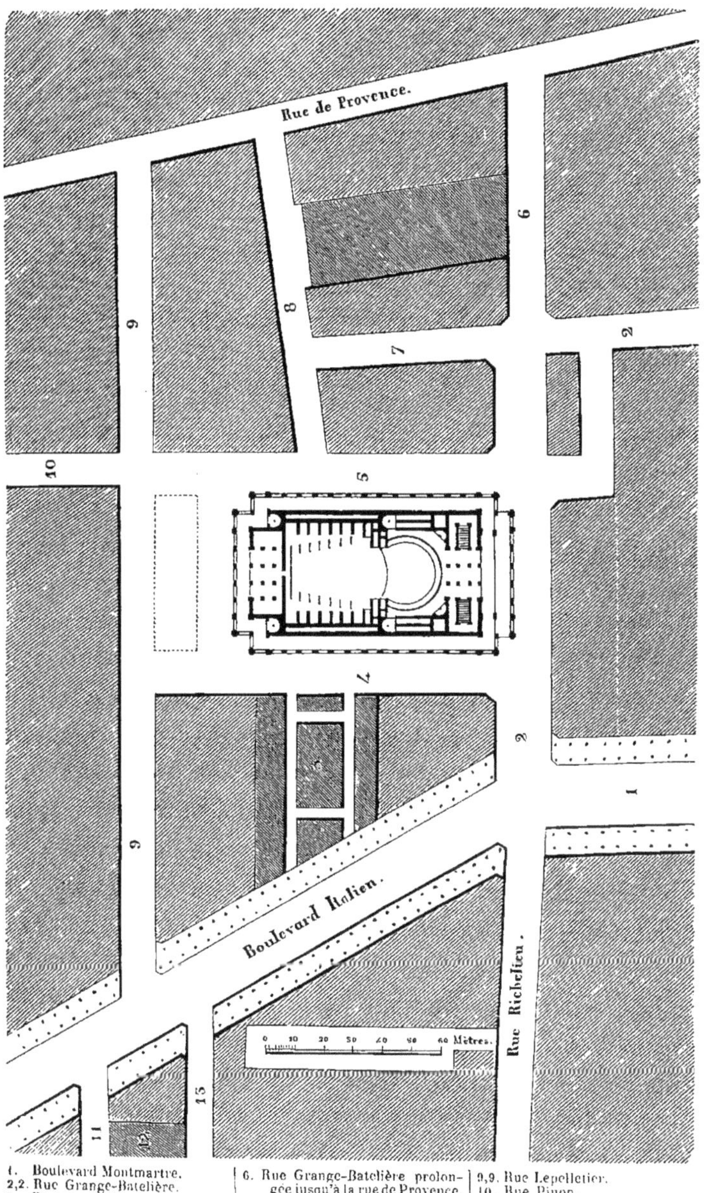

1. Boulevard Montmartre.
2,2. Rue Grange-Batelière.
3. Passage de l'Opéra.
4. Rue projetée.
5. Rue Pinon.
6. Rue Grange-Batelière prolongée jusqu'à la rue de Provence.
7. Rue Grange-Batelière prolongée jusqu'à la rue Chauchat.
8. Rue Chauchat.
9,9. Rue Lepelletier.
10. Rue Pinon.
11. Rue Marivaux.
12. Théâtre de l'Opéra-Comique.
13. Rue Favart.

les théâtres les mieux réputés, nous nous sommes appliqués à connaître les données rigoureuses du programme. Voici la marche de notre plan :

REZ-DE-CHAUSSÉE.

Après les deux vestibules ou portiques extérieurs affectés aux gens en voiture et aux gens à pied, vient le vestibule du centre, d'où partent deux escaliers à double rampe dont la cage aurait quarante mètres de longueur sur neuf mètres de largeur, un tiers de plus que l'escalier de l'Opéra actuel; quatre autres grands escaliers desserviraient tous les étages et faciliteraient la circulation dans toutes les parties de la salle; aux côtés du théâtre seraient quatre autres escaliers affectés à son service, et deux autres, derrière l'avant-scène, serviraient, l'un pour la loge et les salons du Roi, l'autre pour la ou les loges de la direction. Les dessous des deux escaliers à double rampe seraient occupés par des corps-de-garde et les bureaux de vente des billets. Du vestibule central on arriverait au parterre; dans le vestibule d'entrée, en face la porte, serait le contrôle. Outre ces dépendances et un bureau pour la location des loges, un logement pour le concierge, il serait réservé deux cours de trois mètres de largeur sur treize mètres de longueur, pour aérer des latrines publiques. Le grand magasin de décorations serait placé derrière le théâtre et aurait son entrée sur la façade postérieure de l'édifice; deux escaliers circulaires pour les acteurs et gens de service auraient leur entrée sur les deux faces latérales près de la façade postérieure. Quant à la salle et au théâtre, ils auraient chacun la dimension qu'ils ont à l'Opéra actuel, seulement ils jouiraient de dégagement plus large.

PLAN DU REZ-DE-CHAUSSÉE.

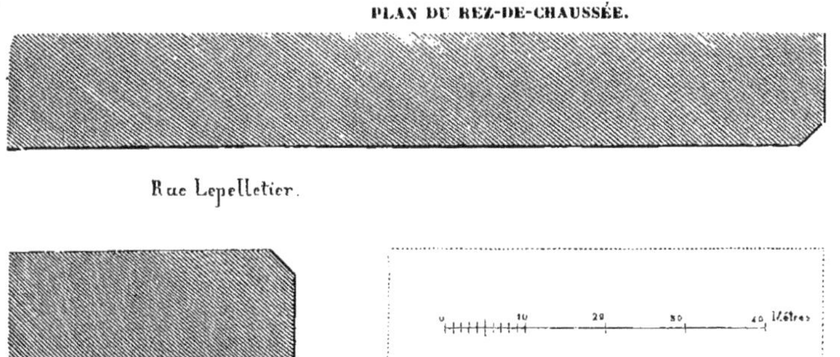

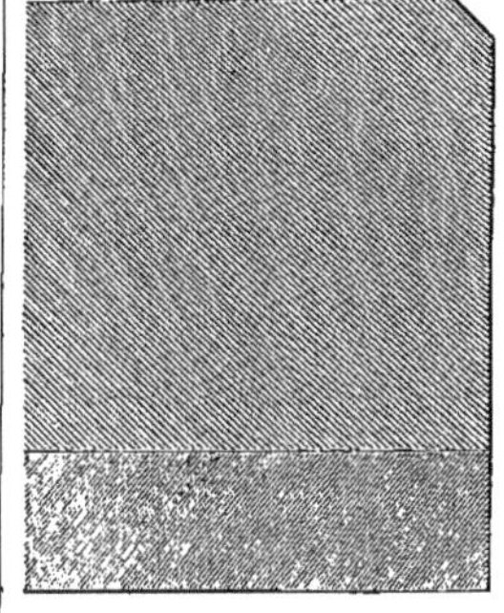

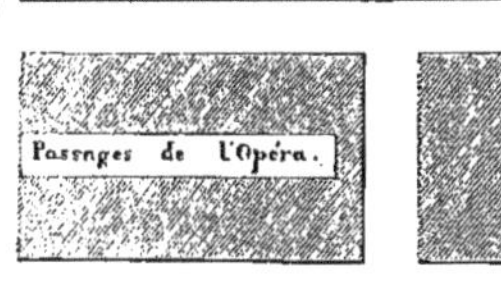

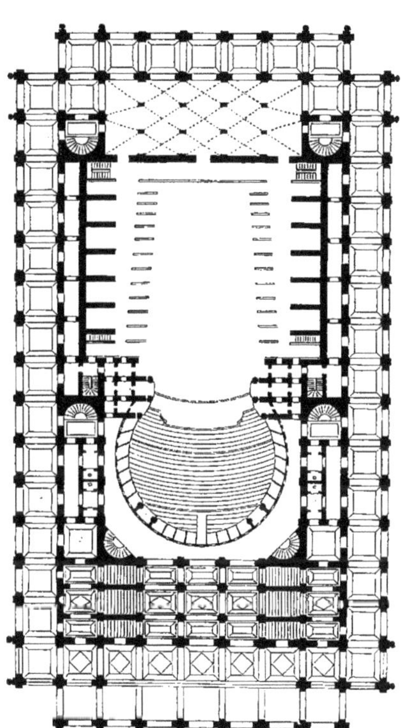

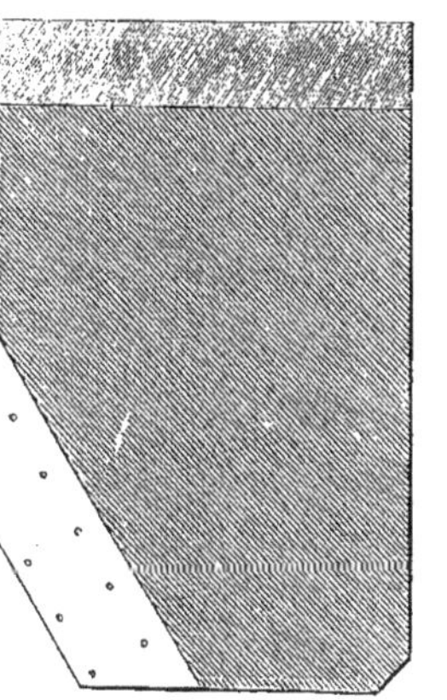

PREMIER ETAGE.

Ce bel étage comprendrait, du côté de la façade principale, outre les deux grands escaliers à double rampe montant de fond, un grand vestibule formant un avant-foyer, lequel avant-foyer se répéterait à tous les étages. Au moyen de cette combinaison, les habitants des loges pourraient se dispenser de descendre au véritable foyer établi au-dessus des doubles portiques du rez-de-chaussée, ce qui permettrait de consacrer parfois le grand foyer à des bals ou à des concerts. Ce foyer principal serait le plus grand de tous ceux qui existent; il aurait environ neuf mètres de largeur sur quarante mètres de longueur et une hauteur proportionnée de plafond.

Après ces foyers à l'usage du public, les pièces principales du bel étage seraient, sur les flancs du théâtre, deux grandes salles pour l'étude du chant et de la danse, quatre foyers affectés aux choristes, aux danseurs, aux comparses, etc. Plusieurs de ces salons auraient environ dix mètres de longueur et sept mètres de largeur, grandeur plus que suffisante pour les divers services.

Outre ces distributions, il y aurait des magasins d'habillements, d'armes, etc., etc., et un atelier de tailleurs. Douze petits salons ou loges d'acteurs et d'actrices trouveraient leur place au fond du théâtre, et se répéteraient, à plusieurs étages, si l'on voulait. Enfin le cabinet du directeur, les bureaux de l'administration, le bureau de police, la salle des agents, celle des pompiers, etc., seraient établis dans les grands entresols des différents étages. A droite et à gauche du parterre et à

tous les rangs de loges, seraient des latrines à l'anglaise aérées sur les cours longues ménagées à cet effet; de même les ouvreuses de loges auraient chacune sous la main un ves-

PLAN DU PREMIER ÉTAGE.

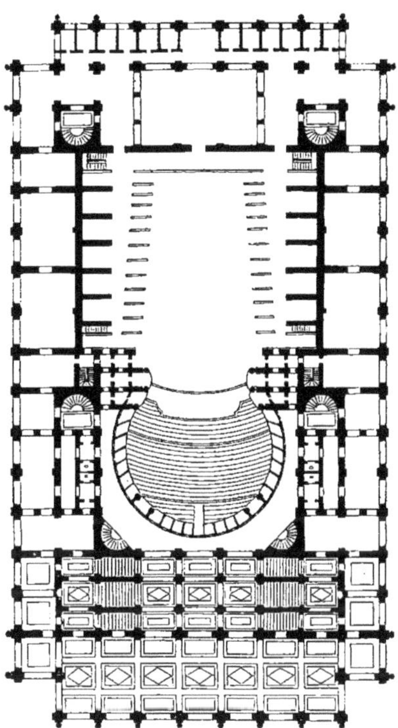

tiaire au service du public. Le tout serait desservi par les dix escaliers montant de fond indiqués au plan, qui permettraient, en cas de sinistre, d'évacuer en moins de dix minutes toutes les parties de l'édifice et de lui porter les plus prompts secours.

DÉCORATION INTÉRIEURE.

La décoration intérieure de la salle serait à l'instar de celle de l'Opéra actuel, dont le parti pris a été généralement approuvé; mais des loges couvertes et découvertes à chaque étage jetteraient du pittoresque dans l'ensemble. A plusieurs de ces loges, nos plans permettraient de joindre un salon particulier, comme au théâtre de la Scala à Milan et autres de l'Italie; ce serait, chez nous, une nouveauté dont le luxe ne tarderait pas à s'emparer.

FAÇADES.

L'étude des façades ne se terminant qu'au moment où l'on doit procéder à leur construction, nous n'avons rien à dire de celles de notre projet, si ce n'est qu'elles seraient toutes régulières jusqu'à la hauteur du premier étage. La façade principale serait la plus riche d'ornementation, et cette ornementation contribuerait à lui donner le caractère de sa destination.

Il nous reste maintenant à constater le fait que le vaisseau de l'Opéra projeté est plus vaste que celui de l'Opéra actuel, et que ce dernier l'emporte de beaucoup sur les plus grands théâtres de la capitale.

A cet effet, nous donnons ici, sur une échelle commune, les plans de l'Odéon, des Français, de Ventadour, de l'ancien Opéra de la place Louvois, de l'Opéra-Comique, de la Porte-Saint-Martin, et, l'un au-dessus de l'autre, de l'Opéra actuel et celui de notre projet.

PLAN DES PLUS IMPORTANTS THÉATRES DE PARIS

Sur la même échelle.

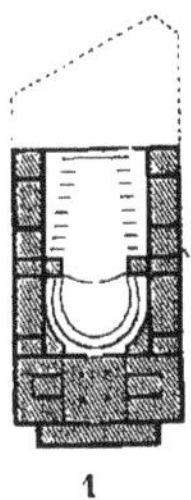

1

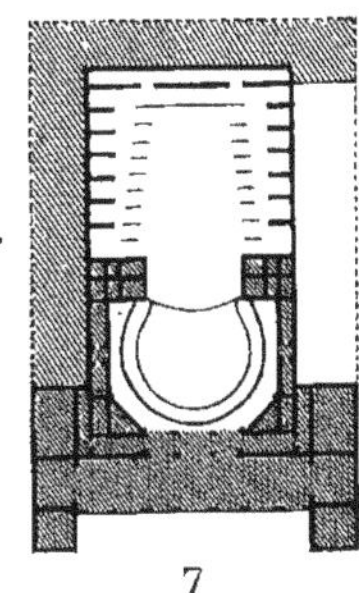

7

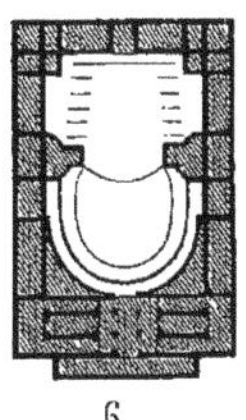

6

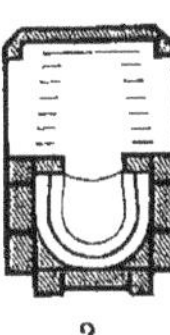

2

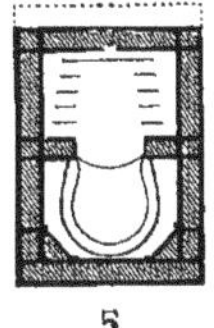

5

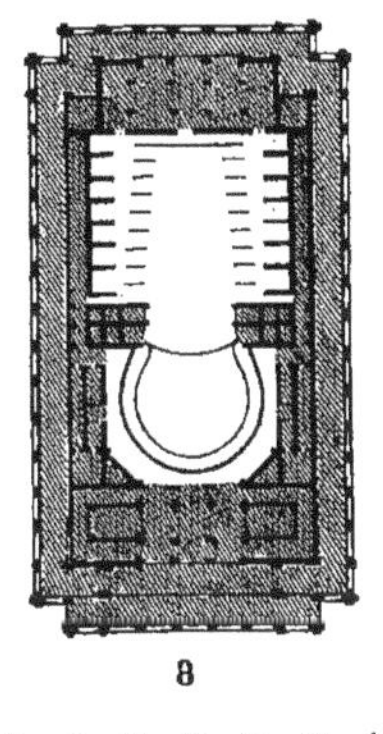

8

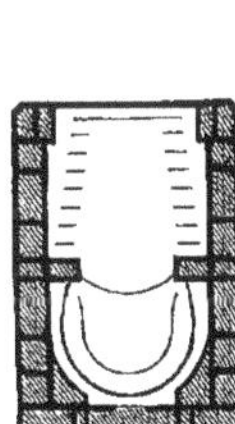

3

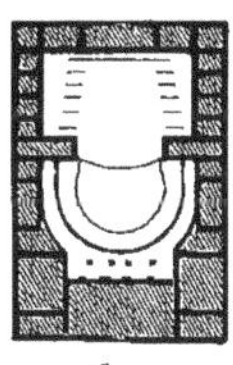

4

1. Théâtre de l'Opéra-Comique.
2. Théâtre de la Porte-Saint-Martin.
3. Théâtre de l'ancien Opéra, place Louvois.
4. Théâtre Ventadour.
5. Théâtre Français.
6. Théâtre de l'Odéon.
7. Théâtre de l'Opéra, rue Lepelletier.
8. Plan du théâtre de l'Opéra projeté, rue Grange-Batelière.

En finissant, formons le vœu que le Gouvernement mette un terme à ses incertitudes, et que le bon vouloir du corps municipal lui vienne en aide pour faciliter l'exécution de ses projets. Alors la ville de Paris, si riche en monuments de toute espèce, aura un Opéra digne d'elle et du nom français.

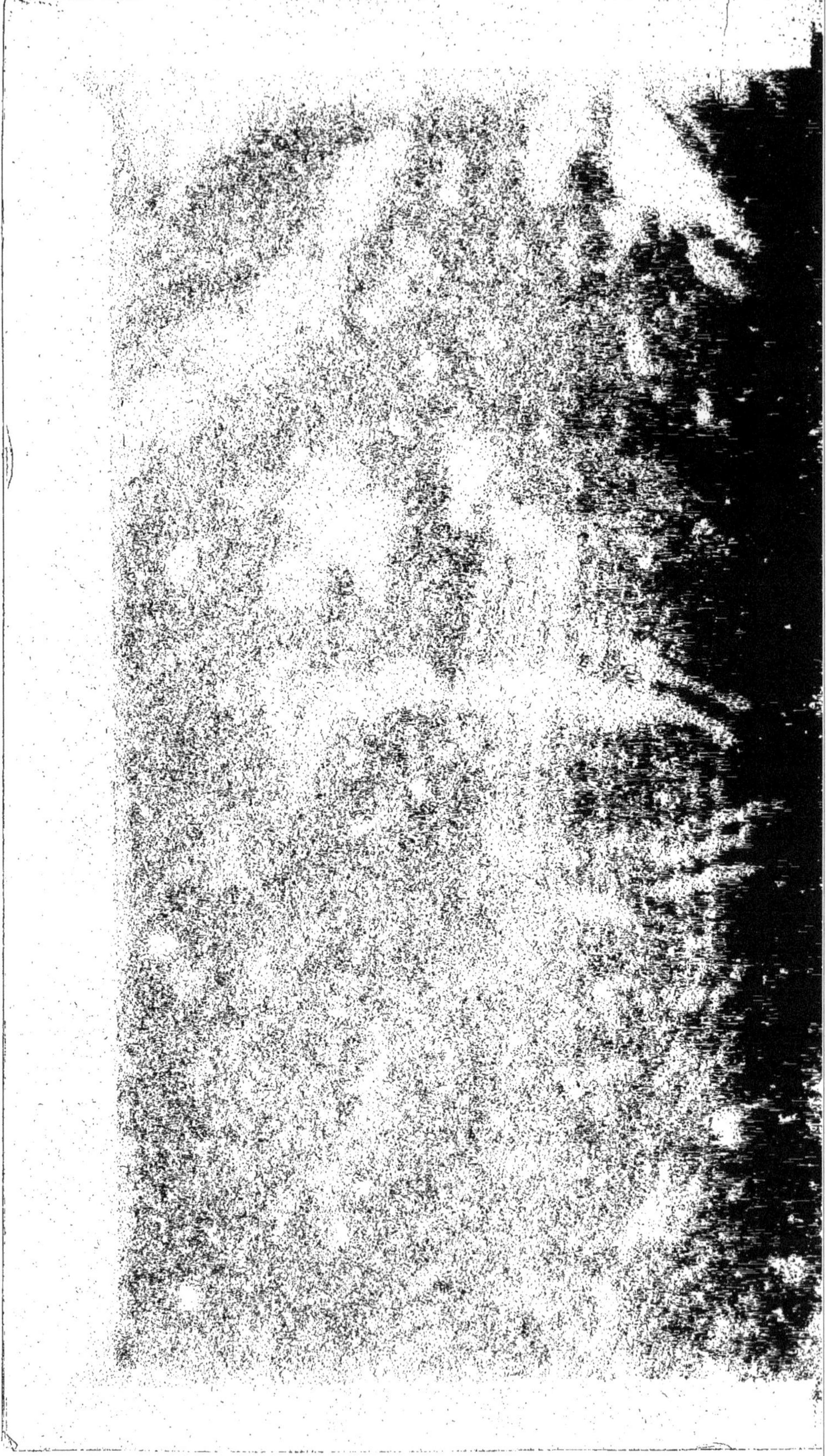

BIBLIOTHEQUE NATIONALE DE FRANCE
3 7531 04272509 4

www.ingramcontent.com/pod-product-compliance
Ingram Content Group UK Ltd.
Pitfield, Milton Keynes, MK11 3LW, UK
UKHW012304240726
13966UKWH00004B/1630

9 782011 908032